KB147761

무야의 푸른 샛별

황금알 시인선 104

무야의 푸른 샛별

초판발행일 | 2015년 4월 30일

지은이 | 박산
펴낸곳 | 도서출판 황금알
펴낸이 | 金永馥
선정위원 | 마종기 · 유안진 · 이수익 · 김영승
주 간 | 김영탁
편집실장 | 조경숙
표지디자인 | 칼라박스
주 소 | 110-510 서울시 종로구 동숭동 201-14 청기와빌라2차 104호
물류센타(직송 · 반품) | 100-272 서울시 중구 필동2가 124-6 1F
전 화 | 02)2275-9171
팩 스 | 02)2275-9172
이메일 | tibet21@hanmail.net
홈페이지 | http://goldegg21.com
출판등록 | 2003년 03월 26일(제300-2003-230호)

값은 뒤표지에 있습니다.

ISBN 978-89-97318-98-8-03810

*이 도서의 국립중앙도서관 출판예정도서목록(CIP)은 서지정보유통지원시스템 홈페이지(http://seoji.nl.go.kr)와 국가자료공동목록시스템(http://www.nl.go.kr/kolisnet)에서 이용하실 수 있습니다.(CIP제어번호: CIP2015011466)

무야의 푸른 샛별

박산 시집

황금알

| 시인의 말 |

톡 까놓고 말하기 어려웠던 것들과
평소 잘 보이지 않았던 것들이
제 스스로 말 걸어오고
또렷이 보일 때가 있습니다
이런 것들과의 대화를
'시'라고 여깁니다
때론 날카로운 손톱 내밀어
품에 들길 거부해도
억지로 품어 감성인 양
언어를 조작하긴 싫습니다
그냥 있는 그대로 타협하고 싶습니다
시 써서 돈 벌 궁리 안 하니
시에 비굴할 일 없습니다
누군가 읽어주길 바라지만
지금 주위 몇의 공감만으로도 족합니다
'이만하면 됐지 뭘 더 바라나'
솔직한 제 심정입니다

박산

차 례

1부 나비잠

2부 무성시대

3부 저 저 하고 다니는 꼬락서닐 봐라

4부 타인의 방

■ 발문

1부

나비잠

나비잠*

꽃마당
지짐이 지지는 소리
꽃달임 한바탕
아이들 말롱질 춤추고
우물 속 물할머니 헛기침
대청마루 새근새근 잠든 아기
포근한 고갯짓
나비 한 마리

* 나비잠: 갓난아이가 두 팔을 머리 위로 벌리고 자는 잠

낙산에서

으스름 저녁
이끼 낀 성곽城郭 낙산을 오르다
전립 쓰고 육모방망이 찬 조선시대 포졸이 된 양
털레털레 성벽 구멍에 코 벌렁 문 안 기웃거리다
점잖게 휘영청 뜬 달은 본체만체
야한 불바다 네온사인 사이사이
불시에 사라진 조선 시대를 느낄 틈도 없이
바람 타고 드는 온갖 고기 굽는 냄새에
적막을 깬 입안 혀 감아 도는 갈증
시원한 막걸리 한 사발이 급해졌다

여수旅愁

홀연히 떠난 낯선 땅에서
땅거미 붉은 노을 살살 밀어낼 때
이유 없이 흐르는 눈물 몇 방울
짠 간이 되어 입술 적시는데
공연히 서러운 맘이 불러온
사랑하는 이들의 이름들을
저만치 달려오는 어둠의 무더기에
나지막이 뱉어 본 적이 있으신지요?

몽유夢遊

황새의 등을 타고
논밭 사이 실개천을 날다
야트막 산언저리
키 큰 소나무 우듬지에 앉았더니
솔솔바람 귀 간질이는 통에
헤벌쭉 벌어진 입에서
무심코 흘러나온 신음 소리
휴우! 숨 돌린 고갯짓 하늘 올려보니
구름은 계곡 깊은 산山을 뭉게뭉게 그려놓고
여기저기 듬성듬성 나무를 심고 있는데
황새는 거기가 여기보다 더 좋은 신세계라 여겨
겁 없이 수직으로 오르고 또 오르길 얼마간
떨어질까 등줄기 꼭 잡은 나는
얼마를 부들부들 아등바등 거리다
식은땀 촉촉이 적신 채로 번쩍 눈을 뜨니
내 이부자리, 그래도 여기가
편하고 익숙한 지상낙원이다

거문도에서 날아온 시

'등대의 말은 시다' – 이생진

오른쪽엔 하얀 등대
왼쪽엔 빨간 등대
그들이 무슨 대화를 나누고 서 있는지 모르겠다
이렇게 멀쩡한 날 하루 종일 마주 서서
말없이 지내기란 답답하겠다
오른쪽엔 하얀 등대
왼쪽엔 빨간 등대
흰 등대에선 흰 손수건이 나오고
빨간 등대에선 빨간 손수건이 나올 것 같다
오늘은 그들 대신에 내가 서 있고 싶다

여의도 어느 빌딩 속에 시가 날아들었다

D증권 초보 애널리스트 스물여덟 먹은 김수영 양은
한강 공원이 내려 보이는 19층 화장실에 앉아
이생진의 시집 '거문도'를 읽다가
물 내리는 소리가 파도 인양 하였다
여의도가 하얀 포말을 일으키는 파도 속의 거문도다

63빌딩 앞 흰 등대에선 흰 휴지가 나오고
밤섬 빨간 등대에선 빨간 휴지가 나올 것 같다

거문도 하얀 등대가 여의도에서 중얼거린다
"멀리도 날아 왔지
그런데 왜 여긴 날 보아주는 시인이 없지"

이 소릴 엿들은 김수영 양 엉덩이가 공연히 빨개졌다

강낭콩

희었던들 자주紫朱였던들
이슬 먹은 꽃이
이슬밖에 더 되겠나 싶었지만
그 한 방울 한 방울들이
투구꽃 피우기까지
풀벌레 우는 소리로 몇 밤을 벗하며
스치는 바람에 헤벌쭉 하늘 보고
또 몇 날을
그리움 하나로 버티고 버티다
수줍은 속살만 여물고 여물어
더는 견디기 힘든 버거움에
툭 불거져 튀어나온 물 머금은 숙녀

꼬투리 속 고것들이 더 푸르러라

우음偶吟

간밤 비 맞고 핀 꽃은

새벽 새소리 들으며 떨어지고

바람은 내 일 아닌 양

살랑살랑 가지를 흔드는데

꽃은 아프고 또 아퍼

가련일하사可憐一夏事
슬프다 한바탕 여름날의 일이

명심冥心

봤던 것들과
보이는 것들이
겹쳐지고 흩어지길 반복
예의를 중시했지만
갈등 넘어 결국 전쟁
죽었다 이명耳鳴으로 깨어나
금종金鐘 하나 가슴에 걸고
눈 감고 손 모아 두드리길 몇 해
환형幻形이 가져온 고요

삼월아

음흉하고 못된 상전 놈이
이제나저제나
옷 벗길 기회만 보고 있는 줄도 모르고
치마 올려 허리에 질끈 감은 삼월이
버선 부리 사이 드러난 하얀 발목이 봄빛에 빛난다
혹여 상전 놈
삼월아 한밤중 부를지 모르니
뒤란 뒷방에 쥐 죽은 듯 누워
달빛 타고 드는 매화 그림자 벗 삼아
그냥 못 들은 척 문 꼭 걸고 있거라

도시의 강

어둠이 찾아와
불빛이 잉잉거렸다
다리 위 술 취한 자동차들이
별 몇 개씩 따고 지났다

물고기 두 마리가 펄떡 둔치로 뛰어올라
입술 붙은 연인의 가슴에 각각 붙어
비늘이 떨어지는 것도 모르고 할딱거렸다

누군가 집어 던진 스마트폰 동영상이
제멋대로 누워 켜지더니
사라진 모래톱을 꺼내 찍기 시작했다

저만치서 뿔 달린 검은 소 한 마리가
딸랑딸랑 워낭소리로 다가오다
길이 갑자기 사라지자 하늘로 날았다

어둠 물결 속 한옥 기왓장들이
이끼를 잔뜩 앉힌 채로 둥둥 떠다니다

바람이 몰고 온 나트륨 조명에
각진 콘크리트 덩이로 변했다

아까부터 어정어정 강을 바라보며
검은 옷과 흰옷을 순간으로 갈아입던
수염이 긴 할아버지가 홀연히 사라졌다

하늘 향해 울부짖는
누군가의 절규가 애달프게 들렸지만
지상의 풍경에 익숙한 강은
미동도 없이 딴청이다

지상에서 만들어진 빛의 유혹으로
별들이 쏟아져 첨벙첨벙 빠졌지만
살아나온 별은 하나도 없다

저기 그 주막 즈음에서

눈에 푹푹 빠지는 날
푹푹 도심의 빌딩 숲 말고
푹푹 자작나무 소나무 숲이 보이는
저기 대관령 비탈진 마을 장터 주막쯤이면 좋겠다
장작이 후끈 불끈거리는 난로 옆에 앉아
척 봐도 손맛이 그만일 것 같은
목 두껍고 가슴 엉덩이 풍만한 주모가 뱉어내는
농익은 사랑 타령 너스레로 비벼 차려낸 한 상
주전자 흔들어 따른 막걸리 벌컥벌컥 목구멍 타고 넘는데
처음엔 혀끝 톡 쏘는 애교로 적시다가
쭉쭉 찢은 김치 몇 조각에 시큼털털 녹아버린다
하얀 눈은 계속 회색 유리창을 두드리고
저만치 온통 흰 숲엔 새들도 어딘가로 숨어버렸는데
빈 주전자엔 다시 막걸리가 채워진다
지금 보이는 이 그림 이외 아무것도 생각지 않고
그냥 그렇게 눈을 보다 죽었으면 좋겠다
저기 그 주막 즈음에서

시시詩詩한 대화(황금찬&이생진 2014)

아흔일곱 잡순 시시한 분이
여든여섯 잡순 역시 시시한 분께

"그래도 좋을 때 아닌가요?"
시시하게 귓속말하시니

얼굴에 핀 검버섯들이
시시하게 붉은빛을 띠었고

시시한 내게도
시시하게 보였다

도정陶情*

"잘 지내시지?"

보고파 목소리라도 들으려
통화하고 싶지만
사는 게 번거로운 세상
행여 그리움도 사치라 할까
어찌 내 심사心事 같겠는가

넌지시 카톡으로

"?" 보냈더니

두 장의 풍경 사진과
세 장의 인물 사진에
각각의 사연을 꼼꼼히 보태
구구절절 보내온 회신

'당신도 내가 보고팠구나!'
울컥 고마운 마음으로

또 보고 또 읽다가
마치 마주 보고 있는 듯
새록새록 솟는 정을 빚었다

* 도정陶情 : 도정차소시陶情且小詩 – 정을 빚어 다시금 시를 짓는다.
남극관(1689–1714)의 시 잡제雜題 중

시의 능청

시 읽으러 가는 인사동
종각역 귀퉁이 여기저기
종이박스로 관棺을 만들어
하잘 것 없는 보따리 풀어놓고
때 묻고 낡은 신발짝 깔고 앉아
나뒹구는 소주병 벗 삼아
풀린 눈으로 행인들 바라보며
죽는 연습이 한창이다
YMCA 앞 가로수에 핀 매화
꽃상여로 제격이다
시도 죽는 게 두려운지
알고도 모르는 체
짐짓 막걸리만 마신다

깨 터는 날

갓 시집온 새색시가
밭에 나간 시엄니 대신
멍석 위에 홑이불 깔아 놓고
깻단 거꾸로 들고 사알살 흔든다
좌르르 쏟아지는 옹골진 재미
깨알 땀방울 콧등에 송송

논일 나갔던 신랑
고샐 못 참고 뒤로 슬며시
개미허리 색시를 안고 깨를 턴다
까르르르 호호호
깻단 넘어지는 소리
방문 닫히는 소리
요란한 깨 볶는 소리

부다페스트에서 영화를 찍다

한 마흔은 먹었을
가녀리게 생긴 여인이
단풍 든 나무 아래서
바바리코트 깃을 세운
한 쉰은 먹었을 남자 곳등에
얼굴을 바싹 들이밀고는
뭔가를 속삭이는데
얼핏얼핏 새 나오는 단어들
부다페스트, 도나우 강
세체니 다리, 겔레르트 언덕
얼마간의 침묵
사내가 허밍으로 부르는 헝가리언 무곡
혀를 살짝 내민 여인의 눈이 풀리는 순간
사내가 끌듯이 넌지시 손을 잡아
서너 바퀴 가볍게 돌며 춤을 추는 듯했는데
어느 사이엔가 부둥켜 입을 맞추고 있다

부스스 부는 바람
단풍잎 사르르 팔랑팔랑

포개진 어깨 위로
톡톡 떨어지고 있다

내가 꿈꾸는 건 여행이다

아마도 그건
사내가 찾는 여인일지도 모르겠고
여인이 찾는 사내일지도 모르겠다

누가 되었건 분명한 건 자유다
익숙하게 뭉쳐있는 것들로부터
떨치고 나와 보니 홀가분하다
날개가 어깻죽지 아래로 튀어나왔다

어설펐지만 천천히 날았다
나는 구름 속 들어 시詩를 썼고
구름은 꽃에 비를 내렸다
샘 많은 바람은 꽃비를 흩뿌렸다

여름이 지나갔지만 가을도 좋았다
마음이 하얘지는 겨울은
그 순수함에 더 좋았다

환한 색칠에 기진한 봄은 가볍다

잊었던 기억들이 꿈으로 나타났다
큰소리치지 않았고 크게 웃지 않았다

제 삼의 누군가 나를 말하는데
거통이라 하든 말든 신경 쓸 일 아니다
가고 싶은 곳에 그냥 가면 된다

발바닥에 발동기가 달렸다

인사도島 순풍항港

달月 끄트머리 금요일
인사도島 순풍항港에서는
이생진 시인이 시詩로 노櫓를 젓는데
양숙 시인의 첫 장단이 은은하고
김경영 낭송이 달콤하다
유재호 목청이 파도를 삼키고
현승엽의 뱃노래가 별을 뿌린다

시인의 활기찬 노 젓기 앞소리에
박자 맞춰 어기여차! 우렁찬 뒷소리
어그야 어강됴리 아으 다롱디리
얄리 얄리 얄라성 얄라리 얄라

첨버덩첨벙 밤배 인사도島 순풍항港 나가
셔블 밝은 달에 밤들이 노닐다가
돛 달아라 돛 달아라
지국총 지국총 어사와
어그야 어강됴리 아으 다롱디리
얄리 얄리 얄라성 얄라리 얄라

돛 달아라 돛 달아라
지국총 지국총 어사와

김경영이 춤을 추고
김윤희 술 나르기 바빠지니
조철암 얼굴 붉어지고
김문수 목청이 높아지자
장상희는 술심이 질겨지고
김민열은 경상도 사투리로 시를 논하는데
이윤철 헛소리에 웃음소리 높다
김기진 김명옥 김효수 허진 김도웅 이승희 임윤식까지

됐어! 됐어!
바다가 보이면 됐어!
모두가 술잔 높이 들어 됐어! 됐어!
현승엽 기타가 부서지듯 튕겨질 때
시인께서 빈센트 반 고흐를 모셔온다

"난 고흐를 할래요

고흐는 순간순간 하고 싶은 것이 많았어요
사이프러스를 보면 사이프러스를 그리고 싶고
술을 보면 술을 마시고 싶고
여자를 보면 여자를 안고 싶고
순간순간 하고 싶은 것이 많았어요

별이 빛나는 밤

돈 매클린의 '빈센트'를 들으며
고흐를 하고 있어요"

starry starry night!

어두운 밤 제멋에 겨울 즈음
"할아버지 이제 그만 배에서 내려오세요!"
김정욱이 소릴 지른다

어긔야 어강됴리 아으 다롱디리
얄리 얄리 얄라성 얄라리 얄라

배 저어라 배 저어라
돛 달아라 돛 달아라
지국총 지국총 어사와

여기서 왜 정읍사가 나오고 청산별곡이 나오고
어부사시사만 어울린다거나 이런 논리적 전개는 하지 말자
시詩란 어차피 예부터 지금까지 기쁘거나 슬프거나 영처嬰處적인
순수의 근본 아니던가?
그냥 즐거우면 조수미 노래도 나오고 때론 나훈아도
이미자도 나오는 거 아닌지
우리 '진흠모', 이생진 시인 시 가지고 노시는 품새에
얼씨구절씨구 어깨춤 들썩이며 추임새 한바탕!
이게 인사도 순풍항!

인사동에서는 떠돌이 방랑객 이생진 시인(1929~)께서 스무 해 가까이 독자들과 시 낭송 모꼬지를 함께 하고 있다. 섬 시인의 방랑은 인사동 역시 섬島으로 만들었고 모꼬지 장소인 순풍 카페는 자연스레 항港이 되었다.

춘장春葬

만화방창 이른 아침 공원 작은 정자 검은 등산복 차림 초로初老의 두 남자는 안주라곤 달랑 새우깡 부스러기 한 움큼 어적거려 씹으며 종이컵 가득 소주를 부어 목마른 사막의 낙타가 오아시스에 머리 박아 빨아드리듯 단숨에 벌컥벌컥 목구멍을 넘기고 있다. 손바닥만 한 박새 몇 마리가 바로 코앞, 노랑 잃어가는 개나리 덤불 속에서 지비배배거리는 줄도 모르고, 해는 이미 중천에 떠 호구糊口에 바쁜 사람들이 사라진 것을 아는지 모르는지, 벌써 세 병째 병마개가 뒤틀리고 있지만, 큰 소리도 없이 그냥 소곤거리는 모양이 아무리 봐도 점잖은 세상을 살아온 양반들 같은데, 술 끝이 없어 저러다 혹시…, 누군가 '이 아침 뭔 깡술을 그리 드시냐' 말려야 할 시점에, 한 남자가 벌렁 드러누우며 "봄 참 좋다!"하자 기다렸다는 듯이 "이쯤에서 죽었으면 큰 복인데…" 하며 같이 누웠다.

흰 두건에 질끈 들메끈 맨 상여꾼들의 구성진 해로가薤露歌*에 움직이는 꽃상여 둘이 춘장을 치르고 있었다.

* 해로가薤露歌 : 상여喪輿가 나갈 때에 부르는 슬픈 노래. 사람의 목숨이 부추 위에 서린 이슬처럼 덧없이 사라져 없어진다는 뜻의 구슬픈 가사歌辭와 곡조曲調로 되었음.

2부

무성시대

콘돔 두 개

소갈머리가 텅텅 빈 나는
흰머리가 뒤죽박죽인 아내와
대구 여행 중이었다

해거름 호숫가
유럽식 거리 카페가 즐비한 뒷길
울긋불긋 너풀거리는 천으로 주차장을 가린 모텔에
고개 숙인 무수리들만 몰래몰래 드나들 것 같은
폭 좁은 옆문으로 들어가니
의외로 청결하고 조용한 분위기의 프런트 데스크
나름 반듯한 얼굴의 여인이 힐끗 맞으며

– 대실이세요 숙박이세요
숙박은 만원이 추가됩니다
10시 이후는 괜찮고요

– 예 만원 더 드리지요

– 어르신들은 조용히 주무셔야 하니

1층 맨 끝 방을 드리겠습니다

– 아직 어르신 소리 들을 정도는 아닌데요

– ……

얼떨결에 받은 세면도구 비닐 팩을
정말 조용한 1층 맨 끝 방에 들어 열었다
칫솔 두 개, 면도기, 세정제, 콘돔 두 개

“우린 콘돔 필요 없는데…”

내 중얼거림에 아내의 추임새가 들렸다

“이런 데 오면 두 개는 필요한 모양이야”

갑자기 양치질이 빡빡 하고 싶었다

인디밴드Indie band

얼핏 보면 밝은 것 같지만
온통 검붉은 풍선들이
천장 여기저기에 걸려
희喜 · 노怒 · 애哀 · 락樂 어느 것도 아니게
그냥 헤죽거리고 있는 집에
잔뜩 낀 허영 실현해 볼까
그냥저냥 봐줄 만한 몸뚱어리에
웃음을 미끼로 들어갔습니다

귀청 찢을 듯 강한 전자음악
애초 노래 재능 없는 쉰 목소리들
반복되고 강제된 로봇 춤들
밤낮 구분 사라진 곳에
내내 뜨지 않는 별만 바라보는 일
아무리 마셔도 갈증에 타들어 가는 혀
아무리 먹어도 채워지지 않는 허기
이런 것들에 으스스 진저리치다가
머릿속 거품 일순간 쑥 빠져나간 느낌
앞뒤 볼 것 없이 문을 박차고 나왔습니다

변하는 게 싫은 좁은 골목
통치마가 푸근한 시장 아주머니
짐 자전거, 택배 오토바이의 움직임
새벽 푸른 달빛이 빚어낸 가마솥 만두
PC방에서 나온 아이들의 흡연
9천 원 무한 리필 고깃집 붉은 간판
여학생 무리들 알 수 없는 웃음소리
누군가를 부르고 문 두드리는 소리
술 취한 영감님들의 손가락 푸념

후잉 베이스 기타가 줄을 튕기자
스틱이 툭툭 박자를 맞추어 춥니다
목에 힘 들어가지 않아도
반복하지 않아도
별들이 녹아내린 속 깊은 노래가 나왔고
하얗고 푸른 풍선들이 보였습니다
높은음자리표에 들어 덩실덩실 춤을 춥니다
누구 의식할 것 없는 나만의 춤을 춥니다

나만의 노래를 부릅니다
이제 살 것 같습니다

세상 참 편하다

무식한 내가
유식한 너를
가난한 내가
부자인 너를
머리 나쁜 내가
머리 좋은 너를
못생긴 내가
잘 생긴 너를

어찌 감히……

이리 생각하면
세상 참 편하다

인도 놈이

일찍이 인도 장사하다
별의별 인간들 다 만나
떼인 돈이 꽤나 됩니다

라자스탄주와 장사할 때도
구자라트주와 장사할 때도
그 나물에 그 밥
아들도 사기 치고
며느리도 사기 치는
온 가족 똘똘 뭉쳐 사기 치는
그런 놈들에 그런 회사였지요

몇 년의 세월이 흘렀어도
쫀쫀한 이 장사꾼은
떼인 돈만 생각하면 아직도 약이 오르는데

며칠 전 일입니다
북창동 거래처 미팅을 마치고 나오다
한화 빌딩 앞 벤치에 앉아 통화 중인데

딱 봐도 인도 사람인 줄 알고도 남을
한 삼십은 넘어 먹었을 유들유들하게 생긴 녀석이
정중하게 웃으며 내게 다가왔더니
인도식 특유의 또르르 구르는 영어로
내 얼굴에 좋은 기운이 보인다더니
내 눈과 코 사이를 가리키며
세상에 이렇게 좋을 수가!
감탄사를 연신 내뱉습니다
올 가기 전 11월 12월 중에
엄청난 행운이 내게 온답니다
얼마간의 장황설 끝에
영어가 된다는 확신이 섰는지
내 손을 슬쩍 쥐며 쫙 펴보랍니다
손금을 요리조리 훑어보고는
줄 하나하나 돈줄 생명줄 다 좋답니다

습자지 같은 작은 종이의 쪽지를
꼬깃꼬깃 접어 내 손에 꼭 쥐여주더니

몇 살이냐
좋아하는 꽃이 무어냐
하고 싶은 일이 무어냐
건강 돈 중 어떤 게 더 중요하냐 등등을 묻더니
깨알같이 종이에 적습니다

그러더니 내가 쥐고 있는 손에
콧김 입김을 불어넣으라 하더니 쪽지를 펴보라 합니다

놀랍게도 내가 손에 쥐고 말했던 사항이
그대로 다 적혀 있었습니다
얼떨결에 이와 유사한 행위를 되풀이하다가
TV 마술로 많이 보았던 기억이 떠올랐습니다
이 녀석이 무슨 수작일까 슬슬 의심이 들어

너 원하는 게 뭐냐
단도직입적으로 두세 번을 묻자
그제야 심각한 표정으로
자신이 들고 있던 작은 지갑을 펼치니

거기엔 자신의 영적 스승이라는 구루의 사진이
오만 원짜리 지폐와 함께 자리하고 있었는데
나의 행운과 그의 영적 가피력을 위하여
도네이션을 해야 한답니다

짐작이야 했었지만
이 눔이 여기까지 와서 사기를 치나
순간 어처구니도 없었지만
만약 내가 인도의 델리나 뭄바이 한복판에서
이런 꼴을 당했다면
아마도 그눔들 뻔뻔한 위협 속에서 꼼짝없이
몇 푼 뺏기고 말았을 것을 생각하니
마음이 더 냉랭해지고
내 나라에서까지 이런 눔에게…
쌀쌀맞게 꼬나보며 눈도 좀 찌푸리고
입가 미소도 싹 지워버리고는

내가 왜 네 눔의 구루에게 도네이션을 해야 하는데
너 여기서 자꾸 이런 사기 치면 경찰서 데리고 간다

시종일관 느물느물하던 이놈
꽁지 빠지게 지하철역 계단으로 사라졌습니다

무성 시대

말이 필요 없다
도구는 손가락 끝이다

좁은 아파트 거실에서
방에 있는 딸에게
카카오톡을 쳤다

밥 먹자!

말씀

제 스승 이생진 시인 말씀입니다

늙지 마
자네가 안 늙어야 나도 안 늙어

아흔을 바라보는 스승께서
어찌 만물의 쇠함을 모르실까만

늙어가는 제자가
안쓰러우셨나 봅니다

카톡으로 이리 당부하시니

스킨도 로션도 듬북듬북 바르고
머릿기름도 부지런히 발라야겠습니다

놀부 심보

붉은색 잃어 풀죽은 고추가
비쩍 마른 가지에 덩그러니 매달려
어디 빌붙을 곳이라도 찾으려 안간힘 쓰지만
물기 빠진 몸부림이 무게를 앗아가
약한 바람에도 떨어질까 두려워
꼭지 꽉 붙들고 살려 달라
목숨 구걸 통사정 하는 참에
때마침 들이닥친 비바람
사나운 태풍으로 돌변
저만치 우뚝 서 있던 도도한 나무들
우드득 와작 부러트리는데
찍소리도 못하고 진흙탕에 껴묻히는데도
이놈 저놈같이 죽을 생각하니
죽는 것도 신바람이다

속내

일본 회사 한국 주재원 K씨는
본사 직급은 부장이지만
여기서는 책임자이며
두 단계 높은 직급 상무다
일본어에 익숙한
한국인 이사 한 명에 의존해
둘 사이가 얼핏 좋아 보이지만
업무 미팅을 오래 해 보면
어눌한 것 같으면서도
실속 찾는 속내 절대 만만치 않다

된장찌개를 좋아한다 했지만
팍팍 퍼먹는 모습을 못 보았고
김치가 너무 좋다 했지만
우적우적 씹는 모습 역시 못 봤는데
값 좀 나가는 일식집에 가니
얇게 저민 노란 무
매실 장아찌
나무젓가락 톡톡 거리며

아삭아삭 맛있게 씹는 모습
회 한 점 입에 넣고는
눈까지 감아가며
마냥 행복해하는 표정
밥 몇 번 같이했었지만
참 낯설다

조 사장

불알친구 조 사장
동대문시장 원단 장사
그의 이마 주름만큼 이력 깊지만
“돈 좀 버냐?”
한결같이
“그냥 그렇지 뭐”
만난 지 반세기가 넘도록
약속 시간 단 한 번 어긴 적 없는 신사
내겐 그냥 허투루 해도 되겠건만
톱니가 시곗바늘 돌리듯 정확하다
술 못 마시는 체질 잘 알면서도
내가 따라주는 막걸리를
홀짝홀짝 성의껏 들이키는 배려
작가 Y가 내게 묻기를
맘 편히 함께 여행할 친구 있느냐기에
조 사장, 이 친구 있기에
망설임 없이 있다 했더니
예순 줄 나이, 그런 친구 있다면 행복한 거란다
어제 점심 같이 먹는데

다리 힘줄 땅기는 게 나이 탓인가 하여
올부턴 잦은 산행 좀 줄이라 했다

예의가 지나치고
겸손이 도를 넘는 게
굳이 흠이라면 흠인 친구
지금처럼만 꼭 지금처럼만 사시게!

지하철역 앞 버스정류장

시시한 건 반복되어진 사소하고 이기적 말들이 지루해지기 때문입니다. 있는 돈 자랑하려니 암내 난 꿩 소리로 들려 누군가 총 들고 쏘려 올까 겁나 그 언저리만 빙빙 돌다가 구린 입도 못 떼는 모양, 좋은 호텔에서 온 식구가 다 퍼질러 실컷 자고 먹고 해 놓고 겨우 한다는 말이 그 호텔 밥맛이 어쩌구저쩌구.

뭐 하나 읽는 게 귀찮아 나이 육십 줄에 텔레비전 연속극이나 보는 게 전부입니다. 그래도 어디 가서 말발 죽는 건 싫어서 아무도 믿지 않는 소싯적 공부 잘했다는 얘기 바락바락 핏대 세워 한 얘기 또 하고 한 얘기 또 하고 지겹게 듣는 이들 인내를 시험하지만 그것도 잠깐이지 공허한 하늘에 홀로 머리 박기란 느낌이 드는 순간 제풀에 제가 죽을밖에.

먹고 사는 데 누릴 건 다 누리면서도 누군가 어렵다는 말만 나오면 찬바람 쌩합니다. 뭔가 도와줄 생각은 꿈에도 없으면서 공연히 딴 짓거리로 비웃음 섞인 억지 콧노래나 휘휘 거리며 방금 전까지 어디 놀러 가자 뭐 먹으러 가자 떠들어대던 모습은 어디론가 사라지고 아무것도 없는 빈손에도 뭐가 빠져나갈까 땀나게 꼭 쥐어 놓고는 '침묵은 금이다'란 말 이럴 때는 어찌나 잘 실천하는지.

새가 날고 눈비 오시고 계절이 바뀝니다. 모든 게 다 세상 구성하는 이치이고 가고 옴이 물 같아 위에서 아래로 흐르다 소멸되어 사라지는 다 된 밥의 모락모락 오르는 김이나 아침 호숫가 물안개 같은 때론 배고픔으로 몰라보고 때론 무심히 보이고 스치는 그렇지만 한 번 만 더 생각해보면 그냥 지나칠 수 없는 것들 모두가 나 하나의 독단이 아닌 공생의 세상이란 자각으로 겸손을 만들고 나보다는 남에 대한 배려를 만드는 게 아닌지.

따끈따끈한 떡 지어 아침 지하철역 앞 버스 정류장에 이유 없이 떡 하니 펼쳐 놓고 출근길 출출한 사람들에 큰 미소 지으며 뚝뚝 떼어 오물오물 입에 넣고 가는 그런 세상이었으면 좋겠습니다!

그가 전화했다

함박눈 내리는 날
그가 전화했다
약간은 탁하지만 익숙한 음성으로
여기 오대산이야

쭉 뻗은 느릅나무 숲
툭툭 몇 뭉치 눈이 떨어졌다
작은 움직거림 새들
은은한 동종 소리
시린 귀를 덮는 순간
그의 말이 다시 들렸다

온 지 좀 됐는데
종로 뒷골목 술집이 그립다
여기서 살까 왔는데
아무래도 안 될 것 같아
그리고 말이야
저번에 갔던 그 집 매운탕…

눈보라가 코끝을 스쳐 지나갔다
바지춤 내려 흔들어 포물선 그어
시원하게 오줌 줄기 뿌리고는
통쾌한 기분으로 풀썩 큰 대자로 누웠다
쉼 없이 쏟아 뿌려대는 하늘이 위대했다

흰 숲에서 들리는 꼼지락거리는 소리
눈동자 맑고 검은 고라니 한 마리
뒤뚱거리며 지나갔다

그의 말이 다시 들렸다

밤이 무서워 아니 싫어
겨울바람이 짜증 나

그는 외로움을 하소연하는데
들은 척 만 척
난 이미 RF*를 타고 거기 가 있다
점으로 다가온 황조롱이 한 마리가

무언가 입에 물고 숲으로 사라졌다

이후 그가 뭐라 했는지는
쌓인 눈에 덮여 안중에도 없었다

* RF : radio frequency 무선주파수

종각역 3번 출구

술 생각도 나고
벗 얼굴 한 번 볼까
그저께 넣은 문자 대꾸 없어
그대로 씹어 삼켰나 했는데
오늘에서야 발견하곤
어디서 만날까
나름 진지하게 날아온 답변에
기차 떠난 지 언젠데… 핀잔주려다
해설피* 늙어가며 어설퍼지는 게
어디 너뿐이랴 생각하니
부처님 가운데 토막이 가슴에 들었다
시치미 뚝 떼고 문자 보내길
쌩큐유!
6시 종각역 3번 출구!

* 해설피 : 해가 질 때 빛이 약해진 모양을 뜻하는 말로 시에서는 느리고 구슬프다.
* 상황 詩(Situation Poem) : 순간적 느낌으로 쓴 시를 실시간 카카오톡이나 문자 등의 SNS로 보내면 상대방은, 받아 읽는 그 상황에 따른 느낌을 답변하여 소통하는 시.

J 클럽

백화점 문화센터
여행 클럽 인문학 강의받는 홍 여사
친구 따라 강남 간다고
얼떨결에 동료 수강생 백화점 VIP들 사이 끼어
방감한 꽃향내로 이름 붙여진 J 클럽에 갔다
수많은 인파로 항시 복잡한 백화점이란 공간에서
미소 가득한 예의 바른 직원의 안내 받아
아늑한 룸 푹신한 소파에
공짜 커피 마시고 공짜 과자도 먹어보고
우연히 VIP 전용 발릿 파킹도 알았다
사람 사는 맛이 이래야 하는데
새삼스레 자본주의를 우러러보게 되고
돈의 위력에 고개를 숙였다
한때 비즈니스석 타고 출장 다녔던 내가
이런저런 얘기 듣다 묻는 말

"J 클럽 조건이 뭐예요?"
"연간 최소 4,000만 원 이상 구매"

내심 깜짝 놀랐지만
애써 태연한 척했다

그리고 혼자 중얼거리길
'4,000만 원이면 엔간한 월급쟁이 연봉인데…
짝퉁 VIP 노릇 좀 그만 하시지'

흥미로웠던 J 클럽에 맛이 갔다

돈 내

재가 타는 차
입는 옷
사는 집
먹는 밥
마시는 술에서까지
돈 내만 폴폴 나더니
단세포의 빳빳한 것들만
닥지닥지 붙었다
그래도 죽자사자
돈 내만 킁킁 코를 들이대고
흘겨보더니
혀는 다른 냄새를 잃었고
외눈박이가 되었다
최소한의 예의를 가장했던 영혼은
아예 어디론가 사라졌다

3부

저 저 하고 다니는 꼬락서닐 봐라

어떤 별

루멘*을 다한 지친 별 하나
거친 숨 몰아쉬며 지구에 떨어졌는데
하필이면 시끄럽고 복잡한 서울 뒷골목
안마시술소
고깃집
호프집
족발집
룸살롱
나이트클럽
…
각각의 색깔 요란하고 별보다 밝은
네온사인 아래 어느 쓰레기통 옆에 박혔다

웃고 떠들고 싸우는 사람구경이 신기해
힘든 줄도 모르고 이리 구르고 저리 구르다
코에 든 온갖 냄새만으로도 배가 불러
은하수를 까맣게 기억하지 못하고
변형되고 반사된 빛들에 취해
바닥을 배회하는 별이 되었다

* 루멘 : 광선속光線束의 국제단위

신세身勢

밀림 떠난 지 오랜 늙은 호랑이가 동물원 우리에서 주는 먹이나 먹고 특별히 할 일도 없어서 어슬렁어슬렁 하다 우리 밖 사람 구경이나 하려 한 귀퉁이 찾아 앉았더니 껌뻑껌뻑 졸음에 솔솔 하품이 터져 아함! 했는데 화난 줄 아는 사람들 미간이 찌그러지고 칭얼대던 아이는 잔뜩 겁먹어 손에 쥔 아이스크림이 뚝뚝 떨어진다 그러거나 말거나 다리 쭉 펴고 고개를 푹 묻어 눈 감고 낮잠이나 한숨 자려는데 어디선가 날아온 주먹만 한 돌멩이 하나가 머리통을 탁 쥐어박는다 이번엔 정말 성질이 나서 어흥! 하고 우리 밖을 내다보니 열댓 살 먹은 사내 녀석 몇이 재미있어 헤헤 떠들며 히죽거리고들 있다 저것들을 그냥 한입에 삼켜버릴까 사냥 본능으로 어흥! 하는 순간 그들이 다시 던지려는 몸짓에 야옹! 고양이 울음소리 기가 죽어 움칠거렸다

청춘의 덫

벌어 먹고사느라
늘 시간에 쫓기는
무모한 청춘을 보냈던 내가
언제부터였던가
쌓이고 쌓인 그 시간이
상償으로 내어 준 세월 덕택에
이젠 내가 지배하는 시간에서
꿈에도 그리던 낮술을 마신다

술을 좋아하는 게
무엇보다 큰 이유이기도 하지만
역시 시간에서 해방된 유유상종의
몇 안 되는 벗이 있음이다
비틀거릴 정도로 낮술 마시기엔
기력 쇠했음을 잘 아는 처지이고
그리 막갔던 청춘은 없었기에

소풍 떠난 지 오랜 아버지들이 그랬듯이
"딱 반주 한 잔씩!"을 버릇처럼 외친다

이제껏 낯설었던 낮 커피를 마신다
국밥에 씹혔던 파 마늘과
막걸리 소주 냄새를 헹군다
엽차 한잔에 레지 눈치받았던 다방보다
'셀프'라는 독립성에 몇 갑절 편하게 담소한다
누군가에 보고할 것도
누군가에 굽실거릴 일도 없다
카페베네 파스쿠치 스타벅스 이디아 단골집이 늘었다
이름을 막 부르기도 어렵게 늙어버린 얼굴들
조사장, 산청 선비, 장군이, 석순이 등
무수히 변모한 세상임을 잘 알면서도
정작 자신의 변모는 인식 못 하다가
이 얼굴들에 늘어가는 검버섯을 보고는
고단했던 시절 청춘의 덫이 놓였던
바로 그 흔적이련 하였다

아이 하나 울고 있습니다

주름 깊고 수염 허연
아이 하나 울고 있습니다
소리 내어 울진 않습니다
어미 젖 물던 기억이 남아
배냇짓까지 합니다
찬바람 기척에도 콧물 줄줄 흘리고
항시 배고파 칭얼거립니다
위세 떠는 어른이었던 적이 없습니다
휠체어 이름표에 붙인
근엄하게 넥타이 맨 사진은
어느 조상의 사진일 뿐입니다
지금 아이가 바라는 건
부드럽게 씹히는 과자와
달콤한 사탕입니다
지금의 모든 것에 이유는 없습니다
굽어지다 파생되었던 모든 것들이
아이의 기억에는 사라졌습니다
이 악물고 추구했던 명예와 부귀도
한 움큼 꽉 쥐었지만 빠져나간 모래알처럼

그 존재를 까맣게 잊은 채로
아리고 쓰라렸던 것들에 잠재적 반항으로
오로지 단맛만을 원합니다
비가 오시고 눈이 오셔도
꽃 만발하고 열매 주렁주렁 열려도
무심스런 얼굴에는 공허만 그득합니다
기억하는 노랫말 몇 개로 흥얼거리다 지친
아이 하나 울고 있습니다
겨울이 덥고 여름이 추운 아이가 말입니다

– 2014 겨울, '미소들 요양병원'에서

낮술

점심 자리
막냇동생 같은 윤 사장이
"고문님 국물이 좋은데
반주 한잔 괜찮으시지요"
"그럼 괜찮지"
덥석 받아 목구멍 넘기고

노원교 떴다방 장상X는
염화시중의 그윽한 미소 짓다 하는 말
'그래도 각 한 병씩은"

꼬장꼬장한 선비 종래 만나
영등포 시장 순댓국밥 앞에 놓고는
빨건 깍두기 어그적 씹으며
"소주 or 막걸리?"
"소주!"

스무 살 청년 체력 윤영X 따라
진종일 걷다가 늦점심 먹을라치면

"물 먹지 마라 술맛 떨어진다"

언감생심
한창 일할 때는
생각지도 못했던 낮술
매일매일이 봄이다

갑甲질

잘났으면
도대체 얼마나 잘났다고
있으면
대관절 얼마나 있다고

사람이면서
사람을 우습게 보는 넌
얼굴 가슴 엉덩이 가릴 것 없이
흥부 매품 팔고 못 일어나듯
두들겨 패줘야 한다

성세낙사盛世樂事*

하늘 열려 구름 웃고
강은 바다로 유유히
꽃은 시부저기* 피었다 지고
새들은 산과 들 자유로 날고
비도 순하게 오시고
눈도 탐스레 나리시니
봄 · 여름 · 가을 · 겨울 모두 사랑이라
사람들은 온통 착한 일만 하니
먹고 입을 게 지천인 세상
여기저기 태평성세 노랫소리로
탄생 알리는 잦은 고고지성
만발한 함박꽃웃음 여기저기

* 성세낙사盛世樂事 : 태평한 세상에 즐거운 일
** 시부저기 : 별로 힘들이지 않고 거의 저절로

광음光陰

습濕한 은둔 속
꿈틀대던 작은 벌레 한 마리
용케도 새의 먹이가 되지 않고
몸통에 날개를 달았다

숲을 떠났다

아집我執에 취해 만든 목표
허공에서 높이 날 생각만 했다
억지웃음에 호들갑을 떨었고
내가 벌레였음을 잊었다

그때가 언제였는지 모르겠지만
날개 힘 빠지던 무렵
잦은 눈물을 흘릴 그때다
회한悔恨 따위의 자학의 습관들
날갯짓이 슬프다

가만가만 다시 기어야겠다는 생각이다

백랍의 날개보다는
퇴화退化가 더 좋다
난 이카로스가 아니다

땅 내음에 오래된 고향이 들어있다
조상님 같은 들어본 듯한 노랫소리가
역시 싫지 않은 박자를 타고 논다

조류도 못되어 본 곤충
다시 벌레 되어 꿈틀거리다
요만큼만 가고
요만큼만 먹고
빛 둘에 그늘 여덟로 산다

말 안 듣는 아이

푸른 하늘 그린 뭉게구름 아래
꽃핀 돌담길 따라가다
호숫가 끼고 돌아 나오는 마을 지나
신작로 탁 트인 너른 들판 지나
뒤도 안 돌아보고 타박타박 걸어
아부지 엄니가 알려준 대로
아이 착하지
하라는 대로
아이 착하지
그냥 고대로 왔더라면

물에 풍덩 빠지고
바위에 막혀
오르고 내리다 피멍 들고
분간 못 하고 앞뒤 헤매느라
이 고생은 안 했을 터인데…
낮밤 꼬박 새워가며 화를 삭이고
충혈된 눈으로 새벽 맞길 몇 해였나
그런저런 후회막급도 있었지만

새치 아닌 흰머리가
귀밑부터 정수리까지
마치 훈장인 양
'흰빛도 빛이다'
세상 이치 당당히 가르쳐주는 이즈음
그때 그 피고생도
잘한 모험이고 삶의 한 과정 아닌가
지금 듣는 숲의 새소리가
그래서 더 애틋한지 모르겠다

만행, 벗에게

떼로 다니며
떼로 뭘 먹을까
그런 만행蠻行 말고
홀로 꽃구경 사람구경
이런 만행漫行 아시는지
혹시 아는가
온갖 수행 짓든
만행萬行이 굴러 올는지
쪼그려 근심 밀어내다가도
지은 업業 몇 깨닫고
만행萬幸이 준 미소 짓듯이

그 사람

걱정 하나 없이 살 것 같은 사람도
만나 사귀고 얘기해보면
근심거리 하나 없는 사람 없지요
내 걱정 꺼내 한숨 쉬고
당신 근심에 안타까워하다
사는 게 다 그렇지요
짧지만 여운 긴 이 한 마디에
지는 꽃 떨치기 싫은 모양으로
감성이 이성을 앞지르다
덜컥 함께 흘린 눈물들이
그 사람 기억의 전부이지만
미래 웃기를 더 고집할
노란 공감의 어깨동무입니다

저저 하고 다니는 꼬락서닐 좀 봐라!

돈을 몇 푼이나 쟁여놓았는지는
들여다보지 못해 잘 모르겠지만
저리 헤프게 낭비하고

삐쭉삐쭉 저 잘났다
오만방자한 저눔이
혹여 죽기 전에

붉은 꽃이 왜 붉은 채 떨어지고
만월滿月이 왜 바다를 채우는지
진리를 위해 죽은 이들의 침묵과
하찮지만 선한 것들의 위대함과
나서기조차 싫어하는 수많은 겸손
지닌 것에 대한 진정한 감사와
생명 있는 것들에 대한 예의
희생으로 정화淨化시키는 살아가는 도리

네 눔이 세상사는 이런 이치를
눈곱만큼이라도 가슴에 담아
얼굴이라도 붉히면 좋으련만

저저 하고 다니는 꼬락서닐 좀 봐라!

청산도에서는 사람 얼굴이 정류장이다

청산도 공영 버스
머리 희끗희끗한 김봉안 기사는
천천히 걷는 섬 최고의 관광 해설사로
해박한 지식으로 섬의 역사를
바닷물에 퐁퐁 말아 설명해 주는
청산도 김해 김氏 8대째 토박이인데
잔잔한 바다 같은 친절이 자연스럽고
구수한 전라도 사투리가 맛깔스러워
얘기 듣고 나누는 자체가 큰 즐거움이다
그가 알려준 청산도 인구 2,650명 중
그를 만난 건 행운이다
'청산도에서는 사람 얼굴이 정류장이다'

그가 한 말이다

시詩도 그렇긴 하다

기억에도 가물가물한
스무 해도 훨씬 지난 얘기지만
어찌어찌 머리 얹으려 골프장엘 갔다
처음 밟는 잔디에 잘 맞을 리 있나
그래도 칭찬 일색이다
어쩌다 롱 퍼팅이
소 뒷걸음에 똥 밟은 격으로 들어갔다
타고난 골프 천재다 –
나 같으면 있을 수 없는 일이다 –
스윙 폼이 타고났다 –
열심히 치라는 얘기인 줄 뻔히 알면서도
그러면 그렇지 내 뛰어난 운동 신경이 어디 가나
세 살 바보가 되어 우쭐했다

내게 시를 보여주는 이 몇 있다
몇 개의 단어 쓰임이 상쾌하고
문상 몇이 조화롭다
아니 어찌 이런 멋진 표현을 –
읽는 맛이 너무 좋다 –

시적 소질이 풍부하다 –

시도 그렇긴 하다
공치는 일과 매한가지로
누군가 칭찬해주고 용기를 주어야
쓸 맛이 난다
그러나
시를 쓰며 우쭐했다면
짧은 순간에 자기반성이 따른다
자신이 준 스코어에
자신이 우선 답을 해야 한다

세상과 얼마나 진지하게 타협했었는지보다는
순간의 감성이 준 풋내 나는 언어의 나열이
나의 천재성이란 착각으로 시를 죽이고 있다

스마트폰 유감

앉으나 서나
손에 쥐고
눈을 박고

저 사람들 왜 저러나
난 아닌 척했었는데
언제부터인가
나도 거북이 목

어떡하지 이거
이젠 버릴 수가 없으니…

은근慇懃

그리 잘 되었다니
정말 다행이야
크게 웃고 싶지만 참겠어
몰랐지?
그거 뒤에서 좀 도운 거야
딴에는 고심해 한 일이지
생색내는 게 좀 그렇지만
그냥 그렇게 기뻐하면 됐어
그럼 됐지 뭐
은밀함을 꼭 품고 있거든
이 짝사랑이 정情으로 순화되는 날
드러내지 않았던 고귀함이
더 애틋하지 않을까

유람遊覽

있는 거 없는 거 다 털어
만 원짜리 돈다발로 싹 바꿔
배낭 가득 얼기설기 가득 채우곤
고개 빳빳이 들어 하늘 보고는
목적지도 없는 길을 냅다 나섰다

산속 계곡에 앉아 발을 풀고
돼지 잡는 마을에 끼어들어
한 마리 통째로 욕심껏 구어
이 사람 저 사람 불러 마을 잔치 벌이다가
취기에 배 두드려 긴 잠을 실컷 자고
해가 중천에 떠 눈이 부실 때면
부스스 눈 비벼 털고 일어나
터벅터벅 발길 가는 대로
버스도 택시도 기차도 탔다

머물고 싶은 경치
소나무 숲 낀 푸른 바다 나오면
하염없이 앉아 파도 구경하다가

식욕의 지배로 출출해진 배 살살 달래
인근 포구 찾아 여기저기 기웃거리다
여남은 명이 복잡거리는 그중 큰 주막에 들러
뭘 들 저리 드시나 슬쩍슬쩍 둘러보고는
아 저거 뭐야! 뭉텅뭉텅 썰어 놓은 거
고래고긴가? 꿀꺽 침을 삼키고는
누군가 나눌 양으로 큰 접시 넘치게 시켜놓고
옆 사람도 주고 말 섞다 술도 권 커니 받거니
목소리 높여 신나게 떠들고 마시다
문득 쳐다본, 저만치 하늘 바닷가 노을
붉다가 검게 사라지는 모습 왠지 슬퍼
눈가 촉촉한 순간 찾아온 어둠이 그린 하늘엔
은하수 별들은 저마다 촘촘 빛나는데
홀로 뜬 저 초승달이 왠지 외롭게 느껴져
만 원짜리 몇 장 꺼내 고독의 대가로 보내줄까 하다가
아차! 세속의 보잘것없는 습성이 너무 어처구니없어
불콰해진 콧구멍이 뱉어내는 부끄러움 숨기려
가득 채운 술잔을 허공에 힘차게 뿌렸다

다시 또 대지의 부름이 밤낮으로 계속됐다
소비에 따른 배낭의 무게가 줄어야 하는 게 당연한 이치지만
태양에 쫓긴 구름이 소멸 직전 배낭에 숨어들어
만 원짜리로 변신하고 또 변신 중이다

가을 팔자

나무 하나에도
말 못해 곰삭은 사연이
뿌리부터 우듬지까지
덕지덕지 떡칠이지
낼모레 명줄 내려놓고
슬며시 떨어질 붉은 단풍이야
넌 어떻겠니?
뜬금없이 물어보다
가을 맞은 내 팔자에
누가 누구 걱정을…
뱉어내는 긴 한숨
잿빛 하늘 타고 올라간다 .

난 머슴이로소이다

에헴, 게 아무도 없느냐!
소리 지를 일도 없고
그저 세파에 아부나 할 양으로
중얼중얼 나 죽었오 나 죽었오
쥐 죽은 듯이 골목이나 기웃거리다
막걸리 한 사발에 고기 한 점 씹어
쪼꼼 커진 간덩이로 내뱉는 분노
에이 엿 같은 세상! 쌍시옷 섞었다가
누구 듣는 이도 없는데
움츠려 휘휘 사방을 둘러본다
해가 중천에 떠서야
이리 오너라
아침 늦잠은 상전들의 특권
깨우는 이 없어도
깜깜 새벽 발딱발딱 일어나
개꿈 해몽에 들이대는 어설픈 주역 64괘
새벽을 서성이는 난 머슴이로소이다

몽월인夢月人

하필이면 달빛이
만상萬象 중, 내 터럭 몇 개 집어
확대경인 양 비춰주니
정체 드러낸 작은 욕심들이
비척비척 꿈틀꿈틀
치기稚氣 어린 항거를 하고는 있지만
고개 떨궈 턱 괴고 하는 꼴이
식은 죽 그릇에 어린 그림자를
금시 쏟아낼 태세다

낙화洛花

달빛 아래 더 붉었던 유두가
수줍음으로 만나 대담해지기까지
속살을 하얗게 다 보여준 저 여인이
곡선의 둔부가 눈이 부셔
두고두고 더 헤집고 싶었던 저 여인이
문득 떠난다고 채비를 하니
덜컥 아쉬움에 눈도 깜박 못하고
넋을 잃어 손이라도 흔들려는데
인연 깊은 바람과 비를 핑계로
사랑으로 해진 치맛자락 치켜 올려
미련 남길 울음 따위 생략하고
뒷모습만으로 저만치 사라져 간다

4부

타인의 방

모래

태초 움직임 하나로 구르고 떠다니다

스친 인연들의 집착에 깨지고 부서져

산을 헤매다 강과 바다에서 산화했다

미래의 나도 거기에 있다

도사

잘난 게 없으니
어깨 힘 줄 일없고
갖은 게 없으니
뺏길 거 뭐 있나
있으면 있는 대로
없으면 없는 대로
떠가는 구름 불러
말동무나 해보지

도사 같은 말만
이리 구구절절 씨부리다

그래서 족足하냐?

누군가 묻는 말에
우물쭈물 주뼛주뼛
모가지만 움츠러든다

타인의 방

익숙했던 것들이
갑자기 타인의 방에 든 양
낯설었다

스마트폰은 회중시계 흉내를 내며
손아귀에서만 놀다 호주머니 속으로 들었다
존재의 공간은 시도 때도 없이 안개가 꼈다
상황 판단을 위한 계산은 아주 어려웠지만
수치상으론 모든 게 완벽하다 했다

그래도 달무리 따위의 현상에는
나름의 슬픔이 여전했고
작아진 기계들은 움직임을 숨겼다

아침과 저녁이 구분 지어진 하루가
새삼스러운 건 어제오늘의 일이 아니지만
풀벌레도 꼭 풀만을 고집하지 않았다
은퇴

하늘 구름 한 무더기
스멀스멀 입으로 들어와
애오라지 먹은 김밥 한 줄에
공간 많은 위장 꼭꼭 채우니
배꼽 주름 펴지며 움칠움칠
이때 작은 별 몇 개
음속音速으로 내려와
따개비처럼 얼굴에 다닥다닥 붙었다
늘어진 메줏볼이 실룩거려
모처럼 붉은빛을 띄었다

풋낯같이 지내던 구름에 배부르고
반짝거리는 별이 훈장이 되었다

스치기만 해도 안다

야트막 산자락
함께 오르는 맛도 있지만
오롯이 생각하며 오르는 맛이 더 좋다는
벗과 약속한 장소는 꼭대기 봉우리 정상

숲길 양옆 꼿꼿이 선 보랏빛 맥문동 병사들 사열에도
아는 척 없이 굵은 땀 뚝뚝 흘리며 오르다
휘익 스쳐 내려가는 이가 뭔지 모르게 익숙하다

흑백 필름 지나가듯 금시 잊고 몇 발짝 더 오르는 순간
내 어깨를 툭 치는 방금 그 사람

박형 맞지?

오래전 함께 일했던 H다

몇 년 전 떨어져 아직도 바닥에 제멋대로 뒹구는 낙엽을 서로 밟고
낙엽 같은 옛 얘기를 한 참이나 나누는 데

배부른 참새 몇 마리가 시끄럽게 참견을 한다

나는 오르는 길이라 다시 오르고
그는 내려가는 길이라 내려갔다

그렇지만 아는 사람은 스치기만 해도 안다

간서看書

몇 푼 벌자고 그리 애를 썼는데
세월에 치인 오줌발은 시들어 가고
어항 속 붕어 되어 입만 벙긋벙긋
버리지 못하는 미련만 두어 움큼
큰 나무 드리운 창가에 누워
손에 책 쥐고 이리 뒹굴 저리 뒹굴
보다 못한 책이 나를 읽으려는 순간
창밖 한 무리 참새 떼가 찧고 까부는데
몇 푼의 명리名利가 아옹다옹 저 같음을 깨닫고
기약을 두지 않은 책장을 넘긴다

* 이민성(1570-1629)의 제거즉사齊居卽事를 새벽 읽다가

주사酒邪

다양한 행태의 숨겨져 있는 색깔들이다

알코올에 지배당한 식민지 콤플렉스
무능한 망명정부를 향하다
분기탱천이 불러온 자기 폭력에
붉었던 얼굴이 검게 이지러졌다

순정이 노란 가식으로 드러나
타인의 동정이 사라졌다

춤을 추고 싶다

노랗고 붉은 것들이
여명의 태양처럼
춤사위에 뭉게뭉게 묻어나
부드러운 놀림의 어름새*로
누군가에겐 베풂으로
누군가에겐 끌림으로
누군가에겐 파트너로
강하지 않아
지치지도 않는
그런 춤을
안단테칸타빌레!
빠른 시간들을
느리게 다독이며
가슴 깊은 상처들
끼리끼리 어우렁더우렁

춤을 추고 싶다
나를 위한 춤을

* 어름새 : 구경꾼을 어르는 춤사위

무야의 푸른 샛별

사는 것들이
뒷목 틀어잡아
누일 곳 못 찾고
밤새 여기저기 방황하다
비로 목욕하고 바람으로 머리 빗고
문득 무야戊夜*의 푸른 샛별 올려봅니다

내 힘들고 괴로운 것들도
다 저것처럼 아프게 빛나다
동트면
흔적 없이 사라졌으면 좋겠습니다

* 무야戊夜—오경, 곧 오전午前 3시에서 5시 사이.

무위無爲 1

상자 안 등불 하나 켜 놓고
하나둘 셋 주어진 숫자로
하루 세 번 저린 발을 뻗고
딱 세 끼를 챙겨 먹으며
누군가의 이론을
신앙으로 품고 살다
갑자기 찾아온 태풍 같은
무지막지한 그런 것들에
부서진 상자 밖으로 튕겨 나왔다
어둠에 물체들이 손에 잡혔지만
처음엔 온통 두려움뿐이었고
빛을 찾는 이유가 막연했다
굳이 말하자면
무엇엔가의 의존이었다
시간이 물어다 준 여유가
무력한 한숨을 꾸짖기 시작했다
손과 발을 자꾸 움직였고
배가 고플 때마다 먹었다
이전에 경험 못 했던

이를테면 원초적 생명 같은 것들이
심장을 평안케 움직였고
독립된 사고가 상상력을 확대하니
창조 의지가 몰려 왔고
자유와 자율의
사전적 의미의 경계 따위는 무너졌다
이론이다 이념이다 신념이다
다 깨지고 사라졌다
내 편한 내 세상
희고 검은 수염이 이만큼 자랐다

무위無爲 2

서슬 퍼런 눈으로 진리를 외치다
결국 이기적 외침이라 깨쳤지만
생기다 사라진 무수한 생명들의
이루지 못한 것들의 회한과
일정함이 없는 만물로부터의
간섭 없는 해방이 가져온 자유
그래서 무엇을 얻었는가?

부운浮雲

하늘 열린 날, 우물에 빠진 구름 몇 개 두레박으로 길어 올려
쏟으면 없어지고 꺼내면 사라져 그래도 꼭 한 번은 잡아볼까
꽉 잡아도 보고 두루뭉술하게 말아 쥐어도 봤지만
빠져나가는 놈들 억지로 용쓰며 잡다 결국 빈 손바닥.

구름은 잡아 뭐 하려나! 세월이 다독여준 마음 하나로
어즈버 태평세월 보내느라 까맣게 잊은 지 오래인데
요사이처럼 기후 편편하고 빠질 우물조차 없는 세상에도
뜬구름 잡는 이들 동무하러 내려와 펑펑 자폭 중이다

푸른 하늘

수명 길어진 미래의 주검이
여기저기 널려있는 세상에
머리 하얀 예순 언저리 젊은이가
땀 빼고 산등성 넘은 갈증을 참지 못해
등산 배낭을 짊어진 채
벌컥벌컥 마신 막걸리 한 사발에
백 년 넘은 나무들 무희舞姬삼아
덩실덩실 춤을 추었다
헤벌쭉 뜨지 못한 실눈에 든 실루엣에
모네가 그린 유화 속 꽃들이
잘 익은 파전처럼 퍼져있었다
이전의 기억이 모두 사라졌다
누가 내 아내이고 아들이었는지
무슨 일을 했고 어디 사는지
그냥 가슴에 푸른 하늘만 가득했다
필요한 게 없었다
이 춤이 끝나면 찾아올
기억의 한 올을 걱정하지 않았다
콧등에 다가온 막걸리가 송송 춤을 추었다

아주 희미하지만 저만치
주검의 그림자가 검은빛을 보이고 서 있지만
지금은 아는 척하기 싫었다
덩실덩실 춤만 추고 싶었다

귀향

머릿속 지도에서 사라졌다
있긴 있었는데… 분명 내 고향이
실망으로 내쉰 한숨 접으려는데
어렴풋이 나타났다

강 넘어오는 기차 소리
콩나물국 끓는 냄새 넘치는 부엌
나는 두툼한 솜이불을 덮고 있다
참새 소리
두부 장사 종소리
길거리 사람들이 개미처럼 하나둘 나타났다
표정이 없고 색깔은 온통 회색이다
나는 마당 절구통 옆에서 아령을 들고 있다
우리 집 양철 대문 위를 등나무 줄기가 감고 있다
기와지붕 위 굴뚝에서 연기가 난다
골목에 동민이 누나가 교복을 입고 나왔다
감나무 집 솜틀기계 돌아가는 소리가 났다
헛기침 소리가 익숙하다 아버지, 아버지다
갑자기 배에 힘이 들어갔다

사육신묘지 앞 목욕탕 욕조에서
현인 선생이 신라의 달밤을 노래하는데
노래하곤 담쌓은 아버지도 따라 부른다
강물에 돼지 한 마리가 둥둥 떠내려온다
만년고개 영아원에서 아기들이 우유병을 빨고 있다
키 큰 흑인 MP와 사는 금순이 누나가 다니러 왔다
갑자기 가슴이 터질 것 같다
아까 떠내려가던 그 돼지가 내 품에서 꿀꿀대고 있다
갑자기 고향이 사라졌다

고향이 된 아버지가 보고 싶다
착한 일 많이 해야 고향이 다시 나타날 것 같다
예순 넘어서 아홉 살 소년으로 돌아갔다
그래도 이게 어딘데…
잃어버렸던 고향에 다녀온 게
고맙습니다, 아버지!

느루 잡아가는 인생

홑적삼 너덜거려 기워 댄
곁바대* 등바대*가 헐렁거려도
바람에 살금살금 등 떠밀려
구불구불 고샅길 빠져나와
척 보아도 사람 좋은
댓바람에 얼굴 그을린 벗들 만나
곡괭이 삽자루 쥐고 땅 일구다
산 얘기 꽃 얘기 여자 얘기
별의별 얘기 껄껄 허물없이 짓거리고
결국 술 얘기에 침 꼴깍 삼키다
허리 토닥거려 잡풀 뽑아 집어 던지며
하늘 한번 쓰윽 올려보고
목구멍 깊숙이 긴 숨 토해
느루 잡아가는 인생이 좋다

* 곁바대 : 홑저고리의 겨드랑이 안쪽에 덧대는 'ㄱ'자 모양의 헝겊.
* 등바대 : 홑옷의 깃고대 안쪽으로 길고 넓게 덧붙여서 등까지 대는 헝겊.

■ 발문

실종기 失踪記

이 생 진(시인)

박산!

3년 전 가을 내가 어청도 가던 날, 자네는 예고도 없이 선실로 들어와 나를 놀라게 했지. 그때 무척 반가웠어. 사람이란 만나는 장소에 따라 기분이 달라지는 건데, 특히 시 쓰는 사람들에게는 섬이란 데가 얼마나 조용하고 편한 곳인지 몰라.

자네가 세 번째 시집을 낸다고 원고를 메일로 보내왔을 때, 나는 외딴 섬에서 시를 쓰고 있었네. 「나의 실종」이라는 시. 그것을 쓰다 말고 자네 시를 읽는데 읽어가며 재미가 붙어나서 열 편만 읽자 한 것이 스무 편 서른 편 하고 끝까지 읽고 말았어. 읽고 보니 내가 하고 싶은 말을 자네가 다 했데. 그래 내가 쓰고 있던 시를 자네에게 보낼 테니, 자네가 3집을 낼 무렵 나는 무슨 짓을 하고 있었나 하고 생각해 보는 것도 무미하진 않을 거야. 그러고 인사동도 좋지만 도시에서의 실종보다 역시 내

체질은 무인도나 폐촌의 벼랑에서 시를 쓰다가 실종되는 것이 나다울 것 같네. 지난해(2014년)에는 나도 실종된 기분이었어.

언제 시간이 되면 가거도 항리 마을에 가봐. 거긴 산도 바다도 아름다워서 시 속에 빠져 있는 것 같아. 어청도와는 또 다른 맛이 날 거야. 물론 시 쓰는 사람의 입장에서 하는 말일세.

제3시집 『무야의 푸른 샛별』의 출간을 축하하네.

그건 실종이 분명하다
가거도 항리 마을 절벽에 있는 빈집
그 집에서 혼자 시를 쓰며 살겠다고 입버릇처럼 말했는데
그것이 꿈으로 이어졌으니
나는 행복하다

항리 폐촌 마을
문간은 잡풀이 길을 막고
잡풀엔 달팽이와 무당벌레가 진을 치고
습기 찬 돌담엔 지네가 지나가고
기다란 뱀이 바위 밑으로 들어간다
방바닥엔 천장에서 내려앉은 흙먼지와 찢어진 벽지가 널브러져
앉을 곳이라곤 손바닥만큼의 여유도 없다
문짝이 떨어져 나간 뒷간에서 걸어 나오는 검은 고양이

뭘 먹고 사나
쥐 잡아먹고 살지
그럼 쥐는 뭘 먹고 사나
개구리? 두꺼비?
그러자 두꺼비가 채마밭에서 꿈틀거린다
그렇게 축축하고 지저분한 빈집이
꿈에서 단조롭게 리모델링되니
나는 살아서 행복하다
낮에는 담 너머로 바다를 보고
밤에는 반딧불이가 하늘에서 내려오는 별과 함께 날아다니니
어찌나 아름다운지 눈으로 시를 보는 것 같다

그러던 어느 날 밤
비바람치고 파도가 거세게 일어
바위란 바위를 못살게 굴던 돌풍이
하얀 옷차림의 여인을 빈집 마당에 내려 넣고 간다
그녀는 방문을 드르륵 열며 살려달라고
내가 할 소리를 그녀가 했다
그러나 그녀의 몸가짐이
어찌나 능란한지 척척하지 않았다
그러더니 가마득한 절벽으로 끌고 나가
나를 끌어안고 뛰어내린다
한참 내려오다가 '앗'하는 순간 나는 물속에서 눈을 떴고
그녀는 온데간데없다
나는 바닷속에서 길을 잃었다

―「나의 실종」 전문

수채화 같은 시詩를 계속 만나고 싶다

오 현 수(미술평론 파워 블로거)

시詩는 말씀 언言변에 절 사寺자를 쓰고 있다. 절은 엄숙하고 고상한 곳이다. 그래서 말씀언言 옆에 절사寺가 붙어서 '고상한 언어들의 집'이라는 뜻으로 풀이된다. 시는 말로 그리는 그림이다. 결국 마음의 그림이다. 적합한 언어로 자신의 마음을 진솔하게 그리고 그것을 원고지 위에 표현하는 것이다. 물론 예쁘지 않고 다소 거친 붓터치로 그려도 詩다.

박산 시인의 시는 그림으로 비교하면 거친 붓터치가 느껴지는 유화도 아니고 유려한 느낌의 파스텔화도 아니고 밋밋하지만 다정한 느낌이 묻어나오는 수채화 같다. 『노량진 극장(2008)』, 『구박받는 삼식이(2011)』에 이어 셋째로 출간하는 『무야의 푸른 샛별(2015)』에서는 당당함이 엿보이기도 해서 미소를 짓게 만든다.

결국 시라는 건 그 사람 내면의 투사다. 만약 가공되

거나 꾸며진 것이라면 진정한 시가 아니기 때문이다.

대부분 시인들의 삶은 비슷하다. 정말 행복해하며, 정말 고통스러워한다. 가난하지만 시를 쓰지 않고는 견디지 못하는 숙명적인 아픔을 간직하고 있다.

시는 자본주의 속성과는 거리가 멀다. 시를 쓴다고 재산이 불어나는 것도 아니고 권력이 생기는 것도 아니기 때문이다. 비자본적인 시에 매달리면서 굉장히 고통스러워한다. 하지만 그 고통을 관통한 이후 느껴지는 최후의 행복을 고이 간직하고 있는 게 시인이 아닐까?

아마도 그건
사내가 찾는 여인일지도 모르겠고
여인이 찾는 사내일지도 모르겠다

누가 되었건 분명한 건 자유다
익숙하게 뭉쳐있는 것들로부터
떨치고 나와 보니 홀가분하다
날개가 어깻죽지 아래로 튀어나왔다

어설펐지만 천천히 날았다
나는 구름 속 들어 시詩를 썼고
구름은 꽃에 비를 내렸다
샘 많은 바람은 꽃비를 흩뿌렸다

여름이 지나갔지만 가을도 좋았다

마음이 하얘지는 겨울은
그 순수함에 더 좋았다

환한 색칠에 기진한 봄은 가볍다
잊었던 기억들이 꿈으로 나타났다
큰소리치지 않았고 크게 웃지 않았다

제 삶의 누군가 나를 말하는데
거통이라 하든 말든 신경 쓸 일 아니다
가고 싶은 곳에 그냥 가면 된다

발바닥에 발동기가 달렸다

– 「내가 꿈꾸는 건 여행이다」 전문

시를 쓴다는 게 달리 표현하자면 삶의 십자가를 짊어지고 가는 게 아닐까하는 생각을 해본다. 그런 면에서 박산 시인은 삶의 십자가를 내려놓을 시인은 아닌 것 같다. 일상생활에서 시詩의 소재를 찾아내는 그의 솔직함과, 내숭 떨지 않고 있는 그대로를 보여주는 그의 순수함이 좋다.

앞으로도 계속 「내가 꿈꾸는 건 여행이다」의 표현처럼 발바닥에 달린 발동기를 끄지 않고 정진하는 그의 삶의 수채화 같은 詩를 계속 만나고 싶다.

『무야의 푸른 샛별』을 읽고

구 흥 서(시인 · 수필가)

추억이라는 것은 살아온 세월만큼 쌓이며 흘러가는 강물을 바라보는 모래톱 같다고 생각합니다.

찰랑거리다가 파란 하늘을 투영하고 모두 다 삼키는 강에 일렁이는 물결 같기도 하지요.

작은 모래알들을 흔들어 깨우며 파고드는 모래무지도 포용하듯 우렁찬 소리가 아니라 해도 작은 그리움을 품고 흐르고 흐르다가 다다른 은빛 바다에서 한 점 물 분자가 되어 승화하며 다시 인연을 이어가듯 말입니다.

박산 시인의 시는 돌아갈 수 없는 그리움 속에서 통곡을 하듯 목이 메게 부르짖는 간절함이 배어 있어 그 깊이조차 가늠하기 어려운 추억을 담고 있습니다.

금방 돌아서서 달려가면 도착할 것 같은 그리운 시간 속에 알알이 박힌 보석알갱이를 하나하나 찾는 재미처럼 읽고 나서 잠시 심호흡을 해야만 그리운 것이 무엇이었구나 하고 짐작하게 됩니다.

숱한 인연들이 지나가며 남긴 추억 속에서 스스로 자

신의 존재를 알리려는 봉화대의 연기처럼 눈이 맵지 않게 시인의 존재를 알리듯 감칠맛이 아닌 투박한 어머니의 손등처럼 분칠이 되지 않은 언어가 더 매력입니다. 사랑 가득하신 어머니의 주름진 얼굴처럼 절절히 후비고 들어올 수 없는 단어들 속에 지나가고 난 다음에야 그리워지는 어머니 사랑 같은 은근하고 무조건적인 언어들이 연륜을 뛰어넘어 산에 걸린 노을빛처럼 곱게 빛나고 있습니다.

사람은 왜 시를 읽으며 시인은 왜 시를 쓰는가 물어볼 필요조차 없이 천천히 마음에 채워진 것을 하나하나 내려놓고 돌아본 지나온 세월 그림자 속에 우리들의 발자취가 고스란히 보입니다.

우리가 살아온 시대는 참으로 버겁고 다듬어지지 않은 거친 세월이었지요. 열심히 살아온 인생길에서 잠시 쉬며 돌아본 아득하고 가슴 먹먹한 시간 속에서 시인의 진솔한 마음을 봅니다.

조금은 껄끄러운 무명옷의 촉감처럼 소박하고 흙먼지가 묻은 듯 모나지 않아 다가가고 싶은 인품이 고스란히 보여서 가식이라고는 찾아보기 힘든 눈이 시린 어느 봄날 파란 하늘 같습니다.

온종일 실컷 세상을 비추고 타는 듯 스미는 붉은 노을빛 같은 가슴 아린 그리움을 점점이 풀어 놓고 마시는 탁배기 한 잔의 취함인 듯 잠시 눈을 감아야 진정될 것 같은 감동을 애써 잠재워야 할 것 같습니다.

오로지 펼쳐서 다 보여주고 싶은 사랑도 하나쯤은 남겨두고 아직도 남겨진 또 다른 이야기를 적어주셔야 할 것 같습니다. 살아온 날보다야 살아갈 날이 조금은 적다 해도 열심히 살아온 그 시간 속에 버리기 아까운 기억 저편의 작은 파편들 같은 그리움조차도 가슴으로 천천히 스며들게 하는 간절한 시상이 오래오래 이어지길 기대합니다.

말로는 다 하지 못한 박산 시인의 소박한 수줍음이 뭉텅뭉텅 파고들어 세상살이에 지친 독자들에게 한 편의 시가 희망의 불꽃처럼 타오르게 되기를 바랍니다. 가만가만 귀 기울이면 우렁우렁 땅속에서 새싹들이 봄맞이를하는 듯 봄기운이 솟구치는 날, 평안을 선물로 주심에 감사드립니다.

한 편 한 줄 읽을 때마다 행복했습니다.

박산 시인 말고 박산 시인의 시詩

— 셋째 시집 『무야의 푸른 샛별』 출간을 축하하며

이 성 관(보령 현인)

동일한 언어 공간에 서로 다른 두 개 이상의 사물을 겹쳐놓으면 시詩가 된다. 현재와 과거가 병존竝存하기를 고집하기 시작하면 시간은 주름이 잡혀 의미를 상실하게 된다. 시가 더는 의미하기를 포기하고 다만 존재하기만 해야겠다고 작정한 것은 사실 비장한 각오였으리라.

박산 시인의 시가 그렇다. 동일한 언어 공간에 항상 두 개 이상의 그림이 중첩한다. 현재와 과거가 공존하고 싸늘함과 따스함이 서로를 마주 본다.

그의 시는 어떤 경우에도 노래하지 않는다. 이야기하지도 않고 설명하지도 않는다. 제시되는 건 아무것도 없다. 다만 포착된다. 천태만상의 세태들이 민낯을 드러내고 허옇게 웃고 있다.

배경은 주로 위대한 한강의 기적이다. 앵글은 수시로 뒤집히고 셔터 소리는 간헐적이다. 역진逆進과 前進이 부지런히 왕래를 거듭하며 단층을 촬영한다.

촬영된 소자素子들은 신속하게 전송된다. 동시에 저장되고 동시에 재생되며 동시에 구동한다. 모두 살아나서 거칠게 호흡하기 시작한다. 그래서 그의 시는 poem 보다는 poetry에 더 가깝다.

원래 아픈 사람들에게는 하고 싶은 이야기가 좀 있다.

외롭다는 거다. 아파서 외로운 건지, 외로워서 아픈 건지 외로운 것이 아픈 것인지, 아픈 것이 외로운 것인지 아무튼 외롭고 아프다는 거다. 외롭고 아파서 죽을 지경이라는 거다.

그래서 불콰하게 낮술에라도 취하고 싶다. 섹스하고 싶고, 자위하고 싶고, 오르가슴에서 내려오고 싶지 않다. 아플수록 거칠어지고 억압받을수록 터뜨려버리고 싶다. 폭발시켜버리고 싶다. 리얼하다는 이름으로, 솔직하다는 변명으로 여과되지 못한 분노도 고스란히 수용될 수밖에 없는 시적詩的 진실의 적나라한 외설적 이면이다.

이 나른한 일상의 늪 속에서 허우적거리고 있는 퇴락한 인간존재를 끌어올려서 가장 적나라한 자신의 본래적 모습 앞에 세워놓고 싶은 거다.

> 호랑이 신세가 고양이 신세 되기도 하고/ 신세
>
> 콘돔 두 개 주는 모텔에서 갑자기 칫솔질이 하고 싶어지고/ 콘돔 두 개
>
> 동트면/사라져버리고 싶은/ 무야의 푸른 샛별

인간은 사실 언어로 자신의 집을 짓고 사는 시간적 존재라는 거다. 그래서 항상 자유로워지고 싶다. 그래서 의미를 벗고, 논리를 벗고, 격식을 벗고, 허울을 벗는다. 벗을 수 있는 것은 뭐든지 다 벗어던져 버린다. 마치 발가벗기만 하면 만사가 다 형통할 듯 먹고 마시며 축배를 들고 흐느적거린다. 춤을 춘다. 실룩실룩 추임새를 넣으며 어깨와 엉덩이를 세트로 들었다 놓았다 한다.

어느새 사뭇 재밌어진다. 해학과 골계가 위트처럼 번쩍이는 한마당으로 사람들을 불러들이고 시름과 아픔을 함께 어루달랜다.

그의 시가 그렇다. 어르고 달래며 사람과 사람 사이를 잇고 달아난 과거와 숨어있는 현재를 화해시킨다. 원래부터 세상은 한통속이었다.

박산 시인이 그렇고 박산 시인의 詩가 그렇다. 보내고도 정 그리우면 우선 그의 집으로 한번 찾아가 볼 일이다. 그는 그의 집에서 산다. 물론이다. 그 시의 집이 그 시인이다. 그 시인의 집이 그 시다.